庞均.
cheng jun

穿越文字
拥抱灵魂

一 百 件 无 聊 的 小 事

肖肖 著

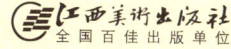

Day. 1

写给曾经的自己

找一个安静的地方,静下心来,给过去的自己写一封信。
把以往所有的难过和不开心都写下来。
1:我喜欢的人不喜欢我。
2:父母不理解我。
3:跟朋友吵架了。
……
然后把写得满满的本子收起来,放好,再也不要去翻开,就让那些难过和不开心随着时间尘封起来。

嗨!你好,昨天的我,我打算离开你了,我要开始一段新的旅程。从今天开始,从现在开始,请你祝福我。

DAY 1

Day. 2

一个人
安安静静的
下午

选择在有阳光的房间里,不要看书,也不用听音乐,就这样看着阳光从窗户外面照射进来。空气中有飞舞的尘埃,楼下有人在聊天,有人在跑动,还有小孩的笑闹声。
这是一个夏天或者冬天,无所谓谁在意呢?反正有阳光和一小段可以让我们肆意浪费的时光。

不知道从什么时候开始,我们就被时间一刻不停地追赶着,鞭策着。
快点,快点,再快点!

快什么啊快!
就给我这么一下午不行吗?就让我好好挥霍一下这个只属于我的下午,让走得太快的自己停下脚步等等还在后面疯狂奔跑着的灵魂。

D_{AY.} 3

遇 见
就 很 美

在路口等红绿灯的时候才发现街角那家
很喜欢的面包店没有了，它在大白天里
关着门，上面写着两个很大的字：招租。
啊！再也吃不到好吃的蛋黄流沙包了！
不甘心地走了过去，店面在闹市中可怜
巴巴委屈地安静着。
生命中有一些离开根本都毫无声息，你
不知不觉，他已经走远。
于是，在今天，我们举办一个仪式吧。
目送那些选择离开的离开。

好啦！走吧！挥手！
没有关系！
我们有遇见就很美！

Day. 4 知夏知秋

日子不知从什么时候开始飞快,根本来不及把青春倒带。
懵懵懂懂一天又一天,偶尔抬头才惊觉季节的变换。

找那么一个时间,让自己脱离一切烦心事,放下工作,放下功课走出去。
这是一年中的秋天?那么应该有大片银杏叶,整个街道变成黄金的颜色映衬着蔚蓝的天。
如果是夏天,阳光晒在皮肤上略微有些热,知了叫个不停,微风撩过树叶仿佛情人的低语声。
伸开双手,深深呼吸。

这一分,这一秒,只属于你自己一个人的季节!

Day. 5

向阳生长

我曾经把仙人掌养死过,想必你也是。
什么?你没有?!
好吧,那么我们试着去养活这样一个小家伙。
多肉,发财树,仙人掌,绿萝什么都可以。
我们把它带回来,然后浇水,施肥,拔草,除虫。
看着它一点点舒展起来。
然后,向阳生长。
就像我们一样,努力努力再努力,与这个世界握手言和。

Day. 6

买个小物件

避开双十一,双十二,不是情人节也不是生日。没有任何理由的,我们就要在今天给自己买心仪已久的那个小礼物。

它可能是一把梳子,也可以是一个书签,或者一个特别好看的戒指。这些都没所谓,关键是今天我们要给自己买下它。

人生中可以失去的东西太多了,遇到喜欢的小物品在我们能够承受的范围内尽可能地满足自己一次吧。

这一天就让我们学会宠爱自己。
喏!这么多年,你辛苦了!

DAY. 7

谁还不会做个饼干啊

在小的时候也想过长大以后就开个甜品店吧。

抹茶蛋糕，草莓慕斯，芒果芝士，还有少女的马卡龙和天堂的滋味提拉米苏，每一个都听起来那么诱人。

可是开甜品店的愿望被放逐到了天边，有点遥远。

于是在今天，我们自己来做一罐小饼干吧。

拥有简单食材就可以做到的黄油小饼干是首选，就算是天残手也可以很好的完成。

- **准备这些东西：**

    低筋面粉 160 克　　黄油 80 克
    糖粉 20 克　　　　 鸡蛋 1 个

- **步骤：**

    a. 黄油软化，加糖粉和蛋黄搅匀。
    b. 筛过的低筋面粉加入蛋清搅匀揉成面团。
    c. 擀成薄厚适宜的正方形放入冰箱急冻 20 分钟。
    d. 切成合适的大小放入烤箱 200 度，15 分钟。
    e. 开吃！

是不是很简单？动手来做一做，加油啦！
烘焙小达人！

Day. 8

不抱怨
的
一天

今天的目标是：不抱怨。

想要抱怨大概是每个人都会有的情绪。
今天坐车遇到一个特别没素质的人啦，老板特别傻根本搞不懂谁在干活瞎指挥啦，客户特别难缠折腾了半天结果什么也没谈成啦，手机丢啦等等各种各样让人心情不好的事情总是层出不穷。
怎么办？
生闷气，抱怨都无法改变既定的事情，除了浪费时间还会让负能量充斥周围。

不如我们约定一下吧，在今天不管遇到多么糟心的人和事情，不去抱怨它，晾着它，把手边其他的事情做完再回过头来看，也许当时觉得坏心情的事情也可以一笑而过了呢。

D_{AY.} 9

学会
早睡

熬夜是健康最大的杀手。经常熬夜等于慢性自杀。
明明听过了无数的道理,却依旧不能好好早睡。
打败晚睡大魔王!今天的计划是在十点之前就睡觉吧。

首先,试着在九点半的时候洗漱完毕,关闭手机电脑。
然后准备好一个小木桶,放入一些姜片或者薰衣草,舒舒服服泡个脚。
全身放松,躺在床上闭上眼睛。
就这样!今天就告别微博朋友圈八卦肥皂剧游戏和小说吧。
晚安!

Day. 10 日出

能让我早起的事情除了赶飞机之外,还有一个就是看日出了。
看日出真是一件特别神奇的事情,看着太阳一点一点慢慢慢慢从地平线升起,不知为什么会忽然变得特别激情澎湃。
朝霞,云层,还有刺眼的光芒充斥眼球。
好像有什么东西也跟着从心底一起起来了。
嘿!元气满满地再出发吧!
今天也是充满阳光的一天呢!

Day. 11

生而为人谢谢你

最近看到抑郁症自杀的人越来越多。
自厌这种情绪大概是最难搞定的。它总是偷偷摸摸躲在角落里,冷不丁出来挠你一下,爪尖锋利,一抓见骨,奔涌而出你以为藏得特别好的悲凉委屈和惶恐,交杂在一起黑乎乎一大片一下子在你的上空呼啸而过,凛冽又傲慢地看着你,你能怎么样?你敢怎么样?

不如把这一页狠狠撕下来吧,把最后悔的,最难过的,最不甘心的事都写在上面。
然后,烧掉它!
就这样把所有的伤心难过不满都烧死吧。

《人间失格》里面说,生而为人对不起。
怎么会呢,怎么行呢,怎么可以呢!
生而为人谢谢你!
今天也会好好活下去!

DAY. 12 找到一个树洞

长大就是可以说的话越来越少,可以聊天的人越来越少。不如意事常八九,可与言者无二三。

成熟就是干脆什么都不说了,把话都埋葬到了心底,默默微笑。内心变成一整块平而光滑结了冰的湖面,冰面下依然有活蹦乱跳的鲤鱼和沉睡的种子,冰面上却不动声色寂寥又沉默。

今天,我们找一个树洞吧!把想要说的,没有说的,不能说的都说给树洞听。

DAY 12

D_{AY.} 13 给自己一个微笑

总是担心这个,忧心那个,生怕自己哪里不够好,哪里不讨人喜欢,又自责又自卑,怯生生地躲在角落,留了一只眼睛小心翼翼望着这个世界。
可是,世界上哪有那么多的完美。
亲爱的,你真是一点儿都不明白啊,你笑起来的时候就是这个世界最可爱的存在了啊。
今天,给自己一个微笑吧。

D_{AY}. 14
沉迷文字无法自拔

阅读是这个世界最棒的事情,没有之一,不接受反驳。

之前微博有一句流行语:身体和灵魂总要有一个在路上。

是的,假如你因为各种各样的原因没办法行万里路,那么就去读万卷书吧。

推荐书单:
高木直子绘本系列
《七堂极简物理课》
《时间简史》

D<small>AY.</small> 15　生活在别处

去一个陌生的地方，去见你想见的人，
去看你想看的风景，去吃好吃的食物，
去拍照！去晒朋友圈！
不要一个人画地为牢，茕茕孑立。
走出去吧，走出孤寂和迷茫，走到另外一个热闹的所在。
走到温暖的地方，有微风拂面。
你看啊，万物都在生长。

Day. 16

棉布
床单

床是人一生中待得最久的地方,人的一生
差不多有三分之一的时间都在床上度过了。
于是床上用品的选择就变得尤为重要。
我喜欢简单素净的纯棉床单。你呢?

今天我们来换个床单吧。
换上我们喜欢的那个纯棉的贴在皮肤上特
别特别柔软的床单。
似乎今晚也能预约到一个好梦呢!

DAY 16

Day. 17

看一部
经典影片

去看个电影吧。
悲伤的，快乐的，惊悚的，悬疑的，家庭伦理的。

去看个电影吧。
一个人，安安静静的。

找到豆瓣上评分比较高的那些电影排行榜，挑出自己喜欢的类型，在某个有阳光的午后，尽情享受一场视觉盛宴。

DAY. 18 喂猫逗狗的年纪

猫这种动物太过清高，总是对人爱答不理，它拥有自己坚固的内心世界，人类无法轻易靠近。
狗不一样，狗狗热情又欢腾，善于与人相处，通人性，还顾家。

爱猫的人大多数表面坚强，内心柔软，心底有爱却不知道怎么表达，于是把一切都灌注到猫的身上。猫是主子，他们是铲屎官。
爱狗的人大多数开朗大方善于分享，怕寂寞怕一个人独处，不在热闹中变态，就在热闹中恋爱。

你呢？
今天的你是猫派还是狗派？

D<small>AY.</small> 19

照片中的你

每次我拿起手机或者相机总是害怕打开前摄像头的那一瞬间，忽然出现那张熟悉又陌生的脸吓死人了有没有！

偶尔有一次我路过一家写真馆，门口挂出一幅大照片，纯白色的背景，有个女人微微笑着望向远方，脸上有清晰的皱纹和斑点。

其实是个很普通的照片，不知为什么我却忽然被打动。

有多久了，我们没有给自己好好地、认真地拍过一张照片。

记录我们曾经灿烂慢慢老去却依旧美好的时光。

今天！

甩开美颜相机，就认认真真记录下我们最真实的一瞬间吧。

D_{AY.} 20

彼时当年少
莫负好时光

心情就像是在沙漠里走了好久好久,都没有见到绿洲,一抬眼皆是黄沙茫茫。出发时的雄心壮志早就飘散到了风里,深一脚浅一脚走的时候,不知道为了什么要继续走。不知道走去哪里,不知道去干什么,

大树呢,绿洲呢?什么时候可以遇到他们?想要靠着大树歇歇脚好好休息一下下。

走吧!少年!

今天,我们就一起走出去,在忙碌与困惑并存的间隙里享受一下大自然给予的这一切。

Day. 21

有一天啊
……
爸妈

在你第一次坐上那列火车驶向远方的时候,你可能不明白,以后故乡对你而言只有冬夏,再无春秋。
等你再大一点点,故乡连夏都没有了,只剩下了冬。你和你的父母就剩下一年一次,或者一年两次的见面机会。
幸运的话,你们可能还能见个150次。
不是那么幸运的话,也许大概就是100次了,或者更少些。
时光是什么时候慢慢爬过他们的肌肤留下岁月的痕迹,这些你根本都无从知晓。

今天,给我们的爸妈买个礼物吧。
再写上一封长长的信。
爸妈:
我永远爱你们。

DAY. 22

为自己的
失败
买单

你有没有试过失败的滋味。
我有。
沮丧，想哭，想要躲起来，不想承认又不得不承认。
人生那么长，怎么可能一帆风顺。
今天，给我们的失败，给我们犯下的错误鞠个躬吧。
原谅失败，承认失败没有什么大不了。
失败是成功的妈妈。
今天也加油吧！

D<small>AY.</small> 23

计划个吧

把最近一段时间（时间尽可能的短）想要做的，必须做的事情列一个计划表吧，然后每一条下面都用括号写上奖励，然后把它贴在最醒目的地方。这样完成一条就自觉领取相应的奖励，是不是超棒的？

例如：
看完三本书。
（奖励香奈儿口红一支）

DAY.24

朋友

人一生中会遇到无数的人，有的人合得来，有的人合不来，有的人走着走着就散了，有的人走着走着就没了，有的人却走着走着越走越近了。

所谓朋友，大概就是你说：我好难过。
她说：别废话，开门，我来了。

今天，再忙也别忘记联系一下老友们。

Day.25 做一次表演

跳舞也好,唱歌也好,演讲也好,讲相声也好。
做一次表演吧。
在爸妈面前也好,在朋友聚会上也行。
抛开束缚自己的一切,来这么一次表演。
我当然知道这可能有些难,可你知道的,这是有阳光的一天。我想要把全世界的光都打在你身上,再给你加几吨柔光,让你不自觉地发着亮,嗯哼,不要怀疑,你就这么棒!

DAY. 26

把白日梦写下来

买一个特别特别漂亮的本子,然后用五颜六色的笔在上面写下你每一次的白日梦。那样,等到老的时候,你就可以慢慢翻开看看,到底实现过几个?

Day. 27

脑洞
先生

是不是有这么一个人，潜伏在你年幼时光里伴随你一起成长，他的成长无比缓慢且不动声色，在你不经意间就已经层层叠叠包裹住了你的整颗心脏，霸占了你的大脑，变成你的个人剧场变成你的奥斯卡，变成了朱砂痣，变成了白月光。嘿，脑洞先生，今天也谢谢你守护我们脑内小宇宙哟！

Day. 28

以自己喜欢的
方式
过一生

总会有一些人喜欢对别人的生活指手画脚，总有一些人以爱之名伤害到你，总会有这样或者那样的不如意。
不过，没有关系。
今天起我们要学会抛开这一切，学会说：关你屁事和关我屁事。以最勇敢的姿态不惧朝暮，无谓年岁，遇见阳光，活成自己最好的样子。

Day. 29

出国

别把自己困在极狭小的空间,守着一方单薄天地。不要固守方寸之间,与热闹为敌。
走出去认识乾坤之大,不要害怕天高云阔带来巨大的荒芜和孤寂感。
你是鲲,怒而飞,其翼若垂天之云。

今天,买上一张空白的世界地图,挂在墙上,看看什么时候我们可以把它插满红旗吧。

D_{AY.}31

断舍离

整理房间最快的办法：丢掉。
整理情绪最好的办法：忘掉。
选择在今天，收拾房间，丢掉那些一直想要丢掉却没有丢掉的人和东西。

D_{AY.}32 游乐场

"奔驰的木马让你忘了伤,在这一个供应欢笑的天堂。"
我不知道会不会有人不喜欢游乐场。
反正我是喜欢的。
今天,我们一起出发,
捡回童年的欢乐时光吧。

Day. 33

绝对
不会背叛你的
是工作

在这个什么都靠不住的世界里,只有工作是你最忠实的伙伴,你付出多少就能得到多少回报,今天,我们也要努力工作,因为有了更多更大的梦想。

D_{AY.} 34

学会
除了母语之外的
一种语言

学一种语言，代入另一种生活，学习他们的生活方式，学习他们的思考方式。
浪漫的法语，暧昧的意大利语，二次元的日语，万能的英语，还有德语，冰岛语，葡萄牙语，阿拉伯语等等无数种语言，挑选一个你感兴趣的学起来吧。
世界这么大，我们应当多看看。
从今天开始，把这件事也提上日程吧。

DAY 34

D_{AY.} 35

种一棵树

海子说：如果有来生，要做一棵树，站成永恒，没有悲欢的姿势。一半在尘土里安详，一半在风里飞扬，一半洒落阴凉，一半沐浴阳光，非常沉默非常骄傲，从不依靠从不寻找。
江浙在很久很久之前，生了女孩子的人家要在门口种一棵树，等到树长成了，女孩子出嫁的时候就把树砍了做成大箱子当做嫁妆带走。
树好像被我们赋予了很多很多的意义。

今天，种一棵树吧。
就当为了我们的地球。

Day.36

一个人的
手作
时光

涂涂画画，剪剪贴贴，拼乐高，玩手账。
偏安一角，不管晴天还是下雨，守着我们内心深处的童真和安静。
今天，来玩手作呀！

D_{AY.} 37

表情管理

一般来说作为偶像明星才会有表情管理这样的课程。什么时候应该笑,怎么笑才好看这是他们很重要的课程。

对我们普通人来说,很多人觉得表情管理就变得不是那么重要了。其实,我们要学好了表情管理,对于自身气质的提升有很大的帮助。

多对照镜子练习笑容吧,我们有这么好的年纪,为什么不笑得好看一点呢?

Day. 38

宣泄负能量

嫉妒、消极、悲观这种事总是在阴暗的角落默默生长着。日子过得那么焦躁而忙碌以至于我们根本没有意识到它的存在。它缓慢又坚韧地成长起来，伸展开来，然后开始用枝叶偷偷触碰，你毫不在意，直到它长成，然后劈头盖脸地抽了过来，好难堪啊……好狼狈啊……那些混合着血液的枝枝叶叶如藤蔓一样缠了上来，你一边哭一边喊疼。

走开啊！浑蛋！不要屈服！

尽量大哭一场，把所有的委屈和不满都哭出来。

然后转身，更轻松地上路吧！

DAY.39

做一天
的
元气少女

我们只是茫茫宇宙中两个萍水相逢的陌生人。
谁也不知道对方身上有过怎么样的故事。
但是今天,天气很好。
很高兴与你见字如面。
也请你今天跟我一起做一天元气满满的少女吧。
我们才不会被现实这种怪物打倒呢!

Day. 40

那些
花儿

你毕业多久了？或者你还在念书吗？

我毕业好久好久了呢，偶然想起，都不知道陪伴我青春年少一起肆无忌惮笑闹的小伙伴散落到了天涯何处。

他们都老了吧？他们在哪里啊？我们就这样各自奔天涯。

今天请允许我们找老同学一起叙叙旧，打开那些尘封在蜂蜜罐里温暖的时光吧。

DAY. 41

手有
余香

施比受有福,赠人玫瑰手有余香。
在力所能及的时候,随手帮助一些需要帮助的人吧。
给予这个世界我们能够给予的温暖。
亲爱的,因为你,
世界今天又变得更美好了一点呢!

Day. 42

去爱吧
就像
没有受过伤一样

喜欢这种事情就是当你念他名字的时候，声音都是软的，又甜又羞。在无人知道的世界里，漫山遍野开着不知名的小花，又蓬勃又撒野。一个一个音节从心脏到喉咙慢慢挤了出来，滑到口腔已经甜成了蜜，忍了忍还是没有办法说出口，悄悄压在舌尖下，笑弯了眉也不自知。爱是绝处逢生，去爱吧，就像从来没有受过伤一样纯粹地爱一次。

Day.43 放下手机

你们想得起来没有手机的时候我们是怎么过一天的吗?
我有点想不起来。
那不如,今天我们一起丢掉手机一天。
回到原来没有手机也能好好过一天的时代吧。
怎么样?
你敢不敢?

Day. 44

瓶中信

Nicholas Sparks 写过一本书叫《瓶中信》讲述一对因为漂流瓶而结缘的男女的故事。我不知道现实中有多少人玩过漂流瓶。我是说除掉网络虚拟的那种漂流瓶之外的，真正的瓶中信，你有没有试过？
如果可以的话，我们今天漂流瓶联系吧。

Day. 45

小
确幸

一场暴雨过后天空格外的蓝,知了拼了命地叫唤着,阳光从床上移开,慢慢爬到了窗外的树梢上,躺在床上用手捂住耳朵,世界仿佛都凝固一样。

时间已然静止!我有一瞬间的恍惚,仿佛一下子进入了次元空间,忍不住就微微笑了起来。嘿,你好啊,生活中这样猝不及防的幸福时间。今天一起来发觉在我们身边小小的确定的幸福吧。

DAY. 46 学会说不

学会拒绝大概就是你是否成熟的标志吧。
总是很难开口说：不行，不要，不可以。
总是含糊又为难地说着：好吧，那行吧。
结果为难了自己，又坏了心情。
今天，学会说不！
对于不想要的，不可以的，明确又清晰地说出来：
不行！不要！不可以！

DAY. 47 印象单词

如果只用一两个单词来形容你自己的话，你会用什么？
温柔，开朗，美丽，内向？
试试问问朋友对你的印象单词吧。

DAY 47

D~AY.~ 48

听一次
演唱会

去现场听一次演唱会，去感受一下那种汹涌澎拜热烈又震撼的气氛。
不管是谁的演唱会。
试着去听一次，挥舞你手里的荧光棒告诉他。
嘿，我来听你唱歌啦！

Day. 49 读书笔记

我的书旁边空白的地方总是密密麻麻写了很多字,其实有的时候跟书内容本身都没有多大关系,纯粹是当时的一种心情发泄。

很多年以后,当我再次翻开这本书仿佛还能一瞬间回到当时写字的时间里。

啊!那个时候我是这样子想的呢?

是不是很有意思的事?

学会做读书笔记吧。

Day. 50

分享

蛋黄流沙包的味道简直太好了。
我一分钟都忍不住想要跟喜欢的人一起分享它。
这个浴盐的香味特别适合我的朋友。
赶快包起来快递给她吧。
就这样……一点一滴都会想要和周围的朋友一起分享。
然后,在某个很无聊的时候也会忽然就收到朋友寄过来的小零食。
啊,完全就是为你量身定做的味道啊,朋友这么说。
看,是不是很美好?一下午的无聊都被治愈了呢。
尽量地和朋友一起分享我们的美好吧。

Day. 51 尽量真实

不是真心的话,不管你怎样假装温柔地说出口,违和感始终会从你的眼睛,从你的头顶,从你皮肤的每一个细胞中冒出来。它们耀武扬威地在你的四周聚集成一张丑陋的脸。
嗨,尽可能真实地活着吧。
这个世界已经够虚伪了。

D_{AY.} 52

第二张
名片

皮肤是你的第二张名片,它的状态反映了你真实的生活。
躲避时光的追击,从今天开始,好好护理我们的第二张名片吧。
据说坚持每天早上一杯蜂蜜柠檬水有奇效噢!

DAY. 53 行有车

提升幸福感的前十名里面居然有一条是行有车,我之前一直不太能理解,现在交通这么发达有没有车又能怎么样。

直到有一天我病了,下大雨,打不到车这才感觉到了有车的重要性。

深圳已经开始实行无人驾驶公交车,到 2020 年将会全国推广无人驾驶。

对不会开车的朋友来说,行有车这点也可以考虑起来了哟!

Day. 54 牙齿大作战

真的讨厌看牙医啊。

可是牙齿简直太重要了，它决定了我往后几十年能不能好好的吃香的喝辣的。作为一个资深吃货是绝对不能容忍牙齿有问题的。

传统的牙刷如果用正确的刷牙方法其实也可以很好地清洁牙齿，但是大部分人巴氏刷牙法还是不太好掌握，所以对于牙齿的清洁只是浮于表面，而带声波震动的电动牙刷可以特别好地解决这一点，电动牙刷的简易操作性不管你会不会刷牙都可以很好地清洁到牙齿最里面的部分。对于还在使用传统牙刷的你来说，今天换个电动牙刷势在必行了哟。

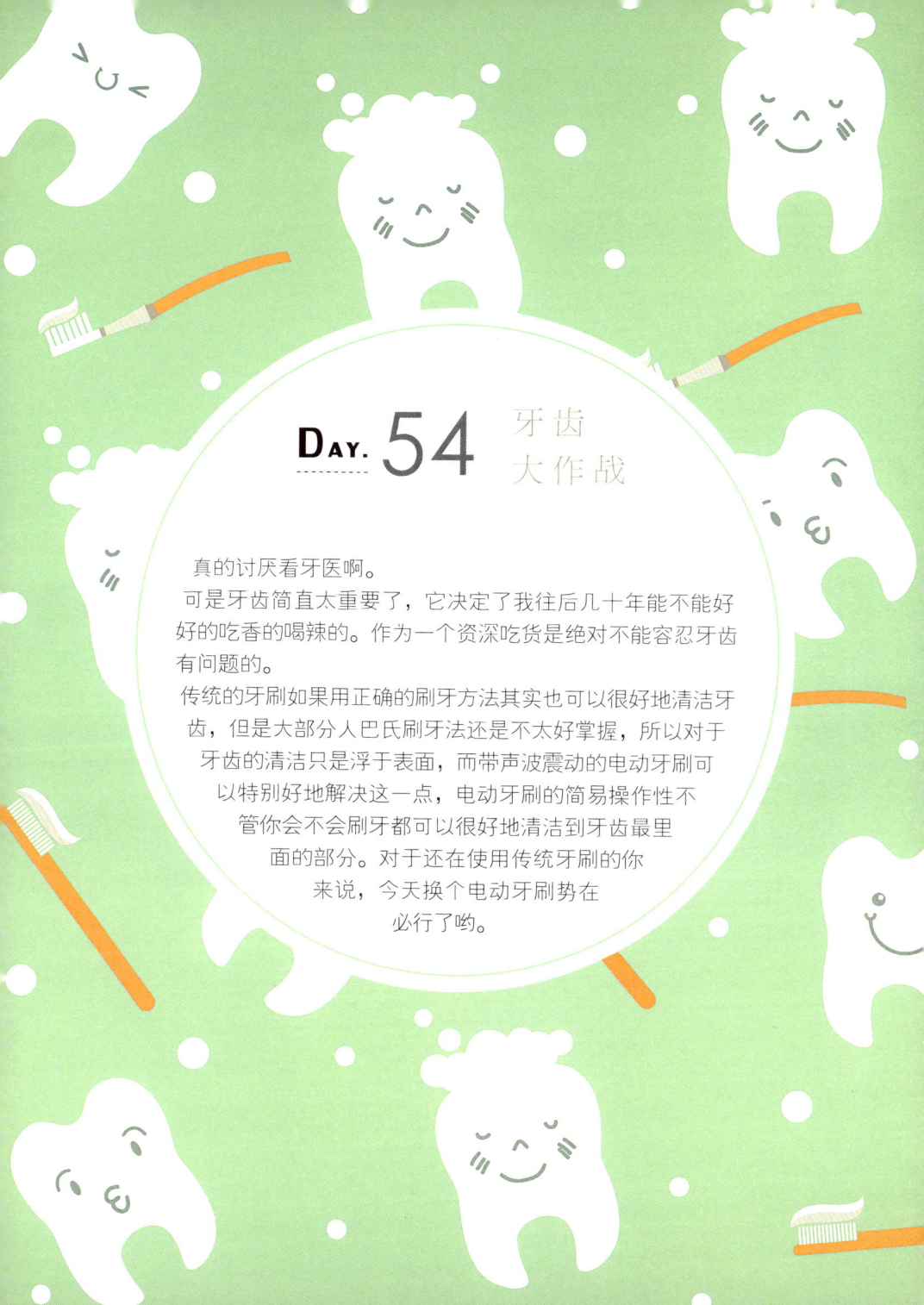

Day. 55

做好
随时辞职
的准备

第十一次被猪队友气到的时候,我回家收拾了一个箱子,里面放着随时可以走的东西,护照,衣服,旅行套装洗护用具。

我无数次地想着,再有一次,我就不去上班了,拎着这个箱子,随便买一张去哪里的机票走走散散心。

为此,我开始有计划地存钱,存够我即使两三个月不工作也能够过得很好的数字。

终于在一次争吵后,我被恶心得离职,跑回家拎起了箱子直奔机场。

天高云阔,哪里不能赚口饭吃,何必恶心自己呢。

毛主席说:年轻人,广阔天地,大有作为。

Day. 56

你好，
我来自
三千年之后

今天心情好吗？有没有兴趣和我一起去一次博物馆？

不管别人怎么说，我发自内心地觉得中国真好啊。我们有连绵不绝五千年的文化传承，我们甚至可以知晓在很久很久以前人们是怎么生活的，他们念什么书，吃什么样的东西，穿什么样的衣服。

多么奇妙，隔着那么遥远的时空，我在博物馆里触摸着历史的真实。

嗨，你好啊，我来自三千年之后。

Day. 57

慢跑

作为一个流汗就会死星人,我是拒绝一切耗费体力的体育活动的,秉承能坐着就不站着,能躺着就不坐着的原则,硬生生把自己的身体给宅到了林妹妹的一般娇柔。

慢跑是听从前辈指导以后选择的一个最简单的锻炼方法。

吃过晚饭以后(如果时间允许吃早餐之前晨跑也是很好的噢)换成适合运动的衣服,围绕着树木较多的地方,慢跑起来。

原来微微出汗的感觉也很好呢,连睡眠质量都提升不少。

于是,忍不住要发自内心地呼吁:今天开始!慢跑吧!

D_{AY.} 58 整理名片

我有一整本名片册,闲暇时候就会拿出来整理一下。

按认识的时间分类,按交情分类,按工作性质分类,各种各样的都有。

一边翻一边恍然大悟:啊,这个家伙好久没有联系了呢,去给他发个微信吧。啊,这个人也会画画呢,下次要插图的话可以找他了。

就这样,时不时整理一下居然也会有很多有意思的发现,简直太棒了!

Day. 59

照片墙

自从告别了卡片机以后，就很少去冲印照片了。大概因为我是一个很怀旧的人，所以放在手机里面电脑里面欣赏总觉得没有拿在手上的质感好。

于是有一天我花了一个下午把全部照片分类好，然后挑出了一百张特别喜欢的，找到一家打印社，花了很少的钱，就把他们全部冲印出来了，我一张一张翻过，然后很慎重地把他们贴在墙壁上。

于是我们家这面墙变成了家里最漂亮的风景，朋友过来都会驻足欣赏很久，如果找到自己的照片更是会开心得不得了。这面墙印上时光印记变成了最有故事的墙壁。

D_{AY.} 60

把你的耳朵
叫醒

音乐真是非常非常神奇的东西，仅仅只是听到前奏响起，瞬间就能回到记忆中的某一天。音乐大概是这个世界上唯一能储存时光，缩短距离，还原香味的最特别存在。

在下着雨的下午，趴在床上一动不动。床头是装有薰衣草的袋子，在滴滴答答的雨声中散发它的香气，整个人软趴趴的，连眼皮都懒得撩起来。就这样迎合着阴沉沉的天气，一起跌到回忆里，跌回到什么都不用想的年纪里。

D_{AY.} 61 做一个天气瓶

一个自己能预报天气的小瓶子是不是既神奇又好玩儿？

今天我们就来做一个漂亮的天气瓶吧。

首先，要准备一个漂亮的透明玻璃瓶。然后材料有：2.5g 硝酸钾，2.5g 氯化铵，33ml 蒸馏水，40ml 乙醇和 10g 天然樟脑。

将氯化铵硝酸钾融合在 33ml 的蒸馏水里面，然后倒入玻璃瓶加热，再将樟脑乙醇溶液倒入充分融合。

这样，天气瓶就做好了。

放在窗台上让它为我们预报明天的天气吧。

D<small>AY.</small> 62 原谅日

人生一定有很多事情是徒劳无功的。

你走过的路那么长,有可能遇到过坏人,也可能遇到过好人。未来无法预知,生命却有固定的轨迹。坏人我们当不起,所以不得不在这个时间点停下来,做一个原谅日。

是的,坏的难的丑的恨的可悲的可恶的在今天全部原谅你。

原谅你们不是因为懦弱怕事,而是因为你们不值得我带上路,丢开束缚轻松上路,朝着盛装出场的未来一路小跑起来吧。

Day.63

信仰

人大概是一种很需要信仰的动物吧,不管是信仰宗教,还是金钱,或者是爱,更或者像我一样单纯信仰食物。

只要有好吃的东西存在,那么明天就一定是值得期待的。抱着这样的信仰的我,今天也能愉快地度过了。

你找到你的信仰了吗?

Day. 64

坚 持
是 一 件
很 美 的 事

你一定不会知道,有时候我也会觉得特别难走下去,有时候痛苦得再也不想坚持了,有时候哭泣都变成一种奢侈。
我不再是一个年轻气盛的斗士,我失去一腔孤勇,迷茫又彷徨。
可是,只要想到这个世界上比我更难的人都还在坚持着,就又能鼓起勇气再撑个五分钟了。
贵在坚持,持之以恒。
今天也为我们的坚持鼓掌吧。

DAY
64

Day. 65

了解
一些
奢侈品

首先,了解不等于购买和认同。
其次,可以在经济范围允许的情况下拥有一些奢侈品。
最后,不应该为了奢侈品而毁掉自己原有的生活。
真正意义上的奢侈品贩卖的应该是他们的理念和品牌文化,了解这些东西比我们真正意义去拥有奢侈品更为重要。

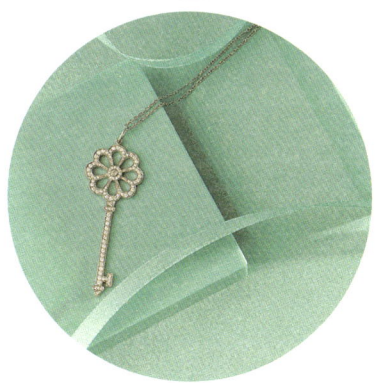

Day. 66

今日
大吉

你有没有占星的癖好?
不管今天星座运程怎么样,做一支大吉的签,放在醒目的地方,在重要一天来临的时候,把它拿出来,放在包包里,告诉自己,今日大吉!心想事成!

Day. 67

杯子

我有各种各样的杯子。

喝水的,喝咖啡的,喝茶的,喝牛奶的,冲药剂的,各种各样。

喝水的杯子是透明的玻璃水杯,我喜欢捧着它大口大口喝水,像是一条缺水的鱼一样。

喝咖啡的杯子是纯黑色与黑夜融为一体,在无数个夜晚陪伴着我。

喝牛奶的杯子是一个多啦A梦的,萌萌的,带着一圈奶泡,每次端起来都会觉得自己瞬间变得特别可爱。

杯子承载了很多很多东西,用久了就像熟悉的伙伴一样根本不能失去。

今天,晒晒我们的杯子们吧。

Day. 68

本子
和笔

我的硬笔书法很烂，写出来的字特别丑。
可是不知道为什么，我特别喜欢收集各种各样的笔和本子。
每次到了文具店就根本迈不动脚。
后来入了手账的坑更加不得了，各种各样的纸胶带都攒了一抽屉。
闲着无聊的时候我就翻出来看看，萌萌的本子和千奇百怪的笔能瞬间治愈低落的心情。你有没有收集好看的小本本哪？

Day. 69

相信的力量

从心理学上讲,信任是一种稳定的信念,维系着社会共享价值和稳定,是我们对这个世界话语、承诺和声明可信赖的整体期望。

简单来说,选择相信你的生活就会变得更加容易。从今天开始我们要一直相信下一刻美好的事情即将发生。

Day.70 纸飞机快飞吧

折纸飞机应该承载过每个人的童年记忆吧。
准备一张长方形的纸,亲手折好纸飞机,对准飞机头,呵一口气,掷出去比比看今天我们谁的纸飞机飞得更高。

D_{AY.} 71

体验日

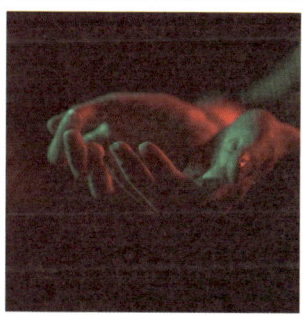

我看过一个综艺,给一个健康的人蒙上眼罩模拟盲人的生活,结果显而易见自然是笑料百出,很多平时可以很轻松做到的事情,蒙上眼罩以后却变得特别特别的难。

我在家里蒙上眼睛关掉了灯拉上了厚重的窗帘模拟盲人。

一片黑暗,什么都看不见,虽然明明知道自己不是盲人,不会永远视野里面都是黑暗,还是忍不住内心有些恐慌。

明明收拾了房间,知道往前走是没有任何障碍的,却还是不敢往前挪步,固守在原地一动不敢动。

去倒一杯水喝都变成了最难的事情。

你看,对我们而言这么简单的事情,在散失视力以后却如此困难。

我解开眼罩,拉开窗帘,深深呼吸。

真好,我们还一样健康着!

今天也来做一件无聊的小事吧,盲人生活体检日,也许你会体会到很多平时无法体会到的事情。

DAY
71

Day. 72

星空
投影仪

我几乎看不到星空了,在现在的城市里。
后来有一次偶然看到《大人的科学》这本书有教怎么做星空投影仪,忽然就萌发了兴趣。
动手制作的过程,手残党根本不想描述,并且这也不是重点。
重点是,成果居然出乎意料的好!
啊!根本忍不住想跟你们分享啊!
呐!晚上睡觉躺着看到天花板一片星空真好啊!

D_{AY.} 73

知识青年
上山下乡

你有没有试过自己摘一个草莓，或者砍一颗白菜？
农场类的游戏火爆过好一阵子，似乎每个人都在心底藏了一个田园梦：有山有水有点田，采菊东篱下，悠然见南山。
不要再去想了，走吧。
拿起我们放在房间随时准备走的旅行箱，找到一个农村新天地，撩起袖子，嘿！种菜啦！

DAY.74

见你想见的人

人的一生大概只有两万多天。
听到这个数字的时候，我特别吃惊，啊，就两万多天？我还以为有个几十万天呢……
工作，占据我们很大一部分，你有多少时间属于自己？
在这属于自己的时间里面，你又有多少时间能忠于自己的内心？
你有没有想见到的人？立刻，马上就出发吧！
在这两万多天里，你有这么一天忠于自己的内心，有想见的人立刻就去见他，穿越千山万水走到他的面前，告诉他：嘿，我好想你。

D<small>AY.</small> 75

花点
时间

我每周都订一些鲜花,除了装饰房间之外,还能清新空气。
可是,鲜花保质期很短,很快就会凋谢。
于是我学会了做干花。
其实特别简单,把盛放中的鲜花取出来,在根部系上一根绳子,倒挂在窗台上。
然后,等风来。
风干以后,根据自己的喜好,把它们插好放在花瓶里,或者是不要的帆布袋里面挂在墙上都是很棒的装饰呢。
今天,你学会了吗?

Day. 76　看新闻

我爸每天雷打不动七点准时收看新闻联播。
我有段时间无聊也跟着看过一阵子,发现新闻联播其实是最好的培养大局观和世界观的东西,很多我根本不知道也不了解的国家,通过新闻逐渐地有了印象呢。
看新闻也变成了一件很有意思的事情,每天跟爸爸讨论各自的意见也是增进感情的很好办法呢。
今天,你看新闻了吗?

DAY 76

D_{AY.} 77

花式喝果汁

我有一个便携式榨汁机特别方便。
于是，我在很长的时间里面都热衷榨果汁这件事情。
果汁算是比较好搭配的，口感基本都还不错。
蔬菜汁就不一样了，很多蔬菜的口感一般般，但是对人身体有好处。
于是有了果蔬汁这种搭配。
嗯哼，今天给大家介绍我健康果蔬汁搭配大法。
早上起来清爽是关键哟：黄瓜青柠汁或者黄瓜苹果汁。
下午补充体力和水分：芒果胡萝卜汁或者草莓香蕉汁。
晚上临睡前……嗯，别喝了，容易胖。

Day.78 形体课

小时候我特别羡慕学芭蕾的同学,因为她们自带一股气场,那身姿那形体就像鹤立鸡群一样与众不同。

后来有一次,我无意中接触到一节形体课,才明白女生练好形体有多重要。

容貌的美丑是爹妈给的,我们没办法选择。但是站立行走的姿势是自己练的,我们可以让自己更加完美。

上一上形体课,告别驼背弯腰伸下巴等不良习惯,你会发现你的人生真的有所改变。

Day. 79

我的
兴趣爱好

找一张白纸，尽可能回忆你从小到大所有感兴趣的事情。
按照现在的心情给他们排个序。
找出可以或者可能完成的事情，标上星级，给自己规定一个时间去完成他。

Day. 80

积攒
好运气

日本有个电视叫《重版出来》里面有个社长说过一句话让我记忆特别深刻。他说：运气是可以攒出来的，付出与收获是可以相互抵消的。虽然每个人出身不同，但是命运给予的牌数是一样的，行善可以积攒好运气，作恶将会运气立减，如果能和运气做朋友，就能得到数倍的幸福，所以，你想变成什么样的人呢？

日行一善，多给予这个世界一点温暖，积攒很多很多的好运气，然后回报到我们以后漫长的人生中去吧。

D_{AY.} 81

在
你出生
那天

你想不想知道在你出生的那天,这个世界正在发生着什么样的事情?
现在网络资讯非常发达,找到一份出生那天对你而言比较有意义的报纸,记录下你觉得那一天当中所有有意思的事情,然后收藏起来吧。

D<small>AY.</small> 82

赏 味 期 限

每一份食物都有最佳的赏味期限，在它被制作出来以后的某个时间段吃是最完美的味道。
每一件事情应该也要有最佳赏味期限。
我们的感情也应该有最佳的赏味期限。
给我们想到的每件事情贴上赏味期限吧。
在到期之前，完成他！

Day. 83

鲜活
的
气息

习惯了超市里面包装完好，洗得干干净净，摆放得整整齐齐的菜以后，大家基本就都告别了传统菜市场了吧。今天，找到离家最近的一家菜市场，一起去看看吧，最有生活气息的地方，最接地气的地方，最鲜活的生活都在菜市场里面了。

Day. 84

那
过去的
事情

找到一位老人,陪他聊会儿天。
让他给你讲讲,在你出生之前的这个世界。
听听他的人生,他的故事,或许这会对你很有帮助噢!

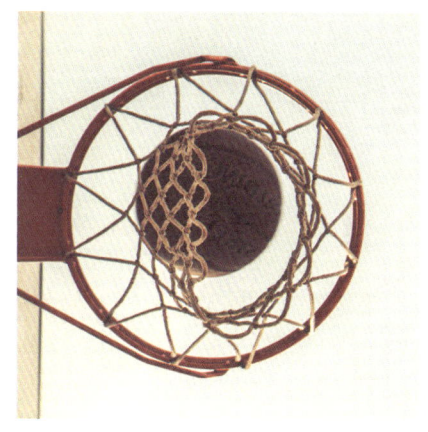

D<small>AY</small>.86

竞技的
乐趣

寻找自己有兴趣的一项竞技运动。
羽毛球，乒乓球，游泳，滑冰或者是电子游戏。
在今天尽量享受竞技带给我们的快乐吧。

DAY. 87

占星

你的太阳星座是什么?
你的上升星座是什么?
在现在的社交里面不懂星座好像有点不太好呢。
今天,去努力研究一下自己的星盘吧。

DAY. 88 某个时刻

给自己拍段纪录片吧。
记录你当下的生活,现在的样子,此刻的心情。
嘿,你想说些什么呢?
你想给谁分享这个时刻?
要不给想念的人说说心里话吧?
要不录完以后寄给未来的自己吧?

DAY. 89 我长大的方式

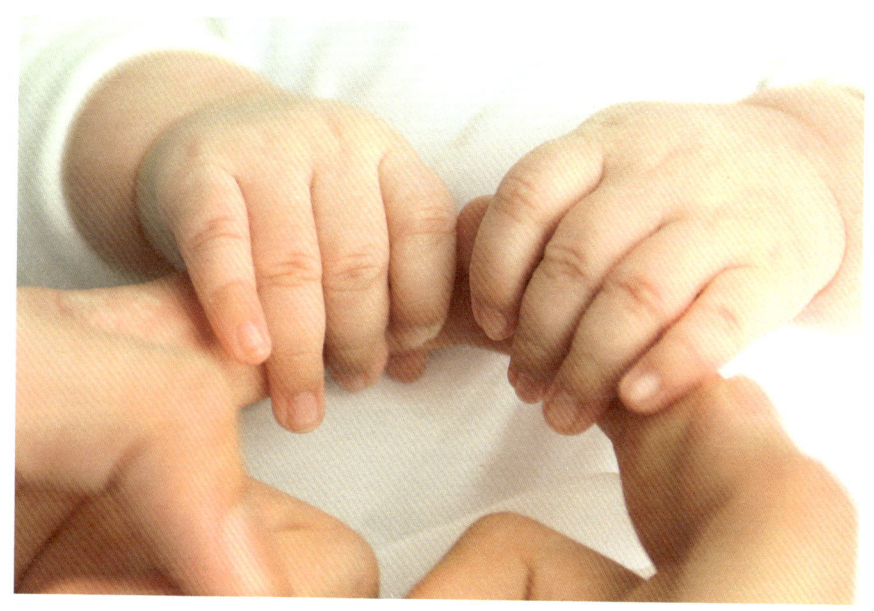

我一贯不是很喜欢小孩子,太吵闹了。
后来,我有了自己的孩子。
嗯,还是太吵闹了!
可是,怎么会那么可爱呢,怎么会那么好玩呢,怎么会那么有意思呢?
啊!真的,快点找个小孩子一起玩吧。
在他们身上你简直瞬间就能想起来自己的小时候。
啊哈,我也是这样长大的呢!
简直太奇妙了。

DAY. 90

买一条小毯子

你一定要买一条小毯子。

柔软的,亲肤的,你喜欢的颜色,喜欢的质地。

在你想哭的时候,冷的时候,不开心的时候,第一时间可以把自己裹在小毯子里面。

它是你安全的堡垒,痛苦的发泄口,柔软的安慰剂。

甚至在你收到支付宝年度账单的时候,也必须裹紧你的小毯子,抵御即将到来的凛冽寒风。

Day. 91

结婚

永远不要因为对于结局的恐惧,就放弃开始。
享受过程也很重要。
如果可以,结婚吧!

DAY.92 访友

我最开心的事情就是跟朋友一起三三两两一边逛街喝东西，一边聊着最近的八卦。又无聊又没有意义的同时，最大程度地拉近了和朋友的亲密度。
和朋友一起聊八卦打发的时间里，还可以顺带吐槽自己最近遇到的各种糟心事。每次聚会完毕，都自觉清理了很多情绪垃圾。
明天，又可以轻松上路啦！

Day. 93

徒 步

在网上随便搜一个离自己近又感兴趣的徒步团吧。
在一个月内最少选择一次自己体力能承受范围内的徒步旅行。
你会瞬间发现这不仅能拓宽你的视野,还能拓展你的人脉哟!
顺带说一句,对于单身人士也是重大利好呢!

Day. 94

参加
一场婚礼

去参加一场婚礼吧,在一个阳光明媚的日子。
近距离的去感受爱和温暖。

DAY 94

DAY. 95 参加一场葬礼

在看到别人的人生最后一个时刻的时候,你在想什么?
每一次参与这种告别式,总是会冒出无数想法,其中唯一不变的就是:以后要更加珍爱生命,更热烈更努力地活着。因为我们所讨厌的每个今天都是别人梦寐以求的明天。

Day.96

学写毛笔字

中国遗留下来很多有底蕴的东西,软笔书法是我觉得特别有意思的一种。通过习毛笔字不但可以熟悉很多我们现在已经不用的繁体字,还可以感受到古人诗词中唯美的意境。

每天晚上心平气和写上一张毛笔字,也是个很不错的选择呢。

DAY.97 看一场话剧

话剧是一种戏剧张力极强的剧种。它以对话来推动整个情节的发展。目前国内已经有不少优秀的话剧了,挑选自己喜欢的类型,去看一场话剧吧。

Day. 98

和朋友
交换
明信片

我每到一个地方都会给朋友寄明信片，写上几句话，盖上邮戳，就变成了很棒的收藏品。试着和朋友们交换明信片吧。

D_{AY.} 99

明史

今天试着熟读一段历史吧,不管是唐宋元明清哪个朝代的历史,静下心来仔仔细细研究一段历史。你会发现历史和今天何其相似。读史让人明智。

Day. 100

面朝大海
春暖花开

从明天起,做一个温暖的好姑娘。
谨慎言行,不以开玩笑为目的恶言恶语。
不以心直口快为遮挡出口伤人。
要以最可爱的姿态与朋友们一起,
紧密友好地团结在建设社会主义四个现代化的道路上。
以上!
爱你们!

后记：把日子过得活色生香

下午三点。

北京，零下三度，我待在有暖气的房间里听着窗外的风呼啸而过，屏幕上方的字一直漂浮不定，眼睛酸酸涩涩，简直没有任何心情工作。

于是我蹲在书架旁边，找一些能让时间过得有趣一点的东西。看书大概是这个世界上最妙不可言的事情。一场二次元与三次元穿越时间空间的对话。

我记得高木直子有一套绘本，讲的就是单身生活。她一个人漂在东京，为了坚持画画这样的梦想一直努力着，明明都是很日常的东西，可是看着看着就忍不住发自内心地笑起来：啊，这个我碰到过！啊！这种感觉我也有过！！满满的共鸣感，在二千多公里之外的地方隔着三年的时差里，我再一次跟素未谋面的她心灵合一！

　　我最近喜欢上一个男生，我也不知道我为什么会喜欢他，大概是因为他有一个很漂亮的梨涡？也许是因为我最近看多了言情小说，小说里面那种近乎完美的爱情总让人眉眼弯弯情不自禁地笑起来。谈恋爱大概是这个世界最难修的学科。我总以为一辈子也遇不到的事情，以为只会在书本里面发生的事情。当有一天面目全非地呈现在我的世界里，我才惊觉，啊！原来我也过得很幸福，只我一人没发觉。

　　我偶尔很丧，丧到底钻到了牛角尖里面出不来，灰蒙蒙一片。于是冲进湘菜馆，点上一大盘子剁椒鱼头。喜庆的红，刺激眼球，辣到流汗，眼泪不知不觉就出来了，也不用去掩饰。"真的，太辣了啊！"

　　再乐观都有难的时候，再悲观也都有微笑的时候，一点一点地走出来，每一天都找些有意思的事情做。

　　然后，然后就好了啊。

　　生活嘛，有什么大不了的呢，我们可都是向死而生！从生下来那一刻起就没打算活着回去过！

　　怕什么！就这样那样努力地活着呗！

　　让那些曾在嘴里回味过的美味，那些曾在路上经历过的风景，那些不可言说的心情，那些记忆中最美好的往事，一点一滴渗透到时光里，让我们的日子变得更加活色生香。

图书在版编目（CIP）数据

一百件无聊的小事 / 肖肖著. -- 南昌：江西美术出版社，2018.4
ISBN 978-7-5480-6056-7

Ⅰ．①一… Ⅱ．①肖… Ⅲ．①散文集－中国－当代 Ⅳ．①I267

中国版本图书馆CIP数据核字(2018)第066544号

出 品 人：周建森
总 策 划：肖　恋
责任编辑：陈　军
装帧设计：Pluto.L
责任印制：谭　勋

一百件无聊的小事
肖　肖　著

出　　版：	江西美术出版社
地　　址：	江西省南昌市子安路66号
网　　址：	www.jxfinearts.com
电子信箱：	jxms163@163.com
电　　话：	0791-86566274
邮　　编：	330025
经　　销：	全国新华书店
印　　刷：	大厂回族自治县德诚印务有限公司
版　　次：	2018年4月第1版
印　　次：	2018年4月第1次印刷
开　　本：	889毫米×1194毫米 1/32
印　　张：	6.5
书　　号：	978-7-5480-6056-7
定　　价：	39.80元

本书由江西美术出版社出版。未经出版者书面许可，不得以任何方式抄袭、复制或节录本书的任何部分。
版权所有，侵权必究
本书法律顾问：江西豫章律师事务所　晏辉律师